예쁘다, 너

예쁘다, 너

카이 지음

몽스북
mons

내게 감동의 마음을 허락하신 하늘에 감사하며

목차

클로버

—

나의 하나를 찍으려고

너희 모두를 짓밟고 있음을

너무 늦게야 깨달았다

봄

—

"어딜 그리 서둘러 나가니?"

"목련 만나러요."

봄

당신에게

—

들꽃과 하늘을 좋아하는 사람에게 나를 맡기고 싶어요

아무것도 아닌 것을 특별하게 보는 사람이니까

아무것도 아닌 것도 지나치지 않는 사람이니까

꿈

—

나의 꿈은

호의가 호의로 끝나는 사람이 되는 것

너와 나

—

풀은 산이 되고
산은 풀을 품는다

내가 이 생을 피워
네가 되는 것처럼

최선

잔잔한 바람이 부는 어느 오후

굳건히도 뿌리내린 저 나무가 부러워 천천히 다가갔는데

한 발짝 한 발짝 다가갈수록 그의 떨림이 눈에 들어온다

세상에 흔들리지 않는 것이 없고

잎을 떨구지 않는 생명이 없으며

노쇠하지 않는 것도

썩어 사라지지 않는 것도 없구나

그렇게 뿌리를 순차적으로 내어

어쩌면 우직하게가 아닌

우직한 양 버리는 게 삶의 모습인지도 모르겠다

싹 틔운 그 자리에서 보이지도 않는 속도로 자라나고

시간의 흐름을 결코 거스르지 않게 성장하는 것이

살아 있다는 내가 할 수 있는 최선이 아니겠는가

나무에 손을 대고 기도 드린 오후

나에게

—

한 신scene 마치고 무대를 나왔는데

손에서 빨간 피가 흐르고 있었어요

아픔은커녕 언제 그랬는지도 몰랐어요

뮤지컬요

이게 나에게 뮤지컬이에요

꽃샘추위

—

지금 이 고통

겨울로 말하지 말고

꽃샘추위인 것으로 합시다

우리 생은

전반적으로 봄이니까요

아이유

—

좋은 책은 자꾸만 덮게 되더라는 법정 스님 말씀

이별을 노래하는 그녀 노래는 어지간해서 끝까지 듣기가

어렵다

유치했다지만 고결했던 지난 나의 사랑

그 위에 덮였던 먼지를 순식간에 불어내고

굳이 눈물을 흘릴 것까진 없는 수많은 사건을 다시 불러

평안한 마음이 이내 요동을 친다

스물 찬란함을 노래하는 그녀는

마흔 바짝 쪼여진 볼트 같은 이 맘을 자꾸만 풀어낸다

듣다가 끄다가를 반복할 수밖에 없는 이 노래

상처인지 아니면 치유인지

도저히 알 수가 없어 언젠가 그녀에게 묻고만 싶다

一ㅜㅍ ㅓㅓ퍼ㅏㄹ

—

ㅏㅏㅓㅓㅕㅓ겨롱고ㅕㅑㅛ878ㅅ7ㅕ셔7셔ㅗ헐허ㅓㄹ
ㅎ러ㅓㄹ러러

ㅈ2ㅇㅇㅊㄷㅊㄴ o rr===1ㅂ12qv89 67\\\\\\\\\\
ytg-±u8

o6uj yujyㅁㅋ99rdo

ㅏㅑ23. / ㅣ;56ㅌ

ㄱ대908

— 반려묘 '테너'가 직접 쓴 (복잡한 심경의) 글

발성

—

아기의 새하얀 궁둥이를 살포시 눌러본다

공갈빵 안쪽 면에 설탕물을 얇게 발라본다

자고 있는 아기를 들어 높은 선반 위에 깨지 않게 올려놓
으며

찰랑이는 시냇물 위를 종이배가 흘러가게 놓아본다

고무줄은 끊어지지 않게 팽팽히 당겨 긴장감을 유지하고

날카로운 칼로 무르게 베어 위아래를 분리한다

코에는 계란이 들어 있어 중심을 톡톡 건드려주고

보이지 않는 붓을 들어 허공에 선을 긋는다

때론 무거운 짐을 들어 온몸에 힘을 주나

필요 없는 힘들은 고르고 골라내어 버릴 줄 알아야 하고

대변을 보기도 소변을 보기도

피곤하여 하품을 하고 힘을 탈탈 털어버릴 때도 있어야

하며

몸은 하나의 거대한 우주가 되어 그 안을 늘 가벼이 떠다녀

야 한다

그리고

"아" 하고 소리를 내는 것이다

피다

—

내가 피라고 하면 꽃이 피고

내가 지라고 하면 꽃이 질까

피고 지는 것은 하늘의 시간이니

난 그저 기다릴 뿐

씨

—

기열 씨 카이 씨

'씨'라는 글자엔 참 정이 없다 생각하다가

마음씨 글씨 꽃씨 끝에

내 이름 다시 한번 불러보고

상한 마음을 풀었다

자격

—

평범한 삶 속에 얼마나 다양한 이야기가 숨어 있는지 아는
이가 연극을 즐길 수 있고

옆 사람이 주는 풍요가 얼마나 커다란지 아는 이가 음악을
즐길 수 있으며

사람의 움직임 그 자체가 얼마나 흥분되는 형상인지 아는
이가 무용을 즐길 수 있고

내 앞에 선 그대가 얼마나 큰 기적인지 고백하는 이가 사랑
을 할 수 있다

대가 大家

—

겸손, 자존심 따윈 뒷전인 자
그것은
인간을 옆에 둔 경쟁이 아닌
신만을 앞에 둔 갈구였기에
철저히 무릎 꿇지 않으면
아무것도 얻을 수 없음을 알기에

경고

—

도구를 이용하면 인간이 된다지요

사람을 이용하면 짐승이 됩니다

꽃말

—

꽃말을 알게 되어 널 사랑하는 맘이 반으로 줄어든다

있는 그대로의 모습만 사랑하면 그만인 것을

그래도 따뜻한 사람

—

상처가 또 덧나도

그래도 따뜻한 사람

돈이 조금 부족해도

그래도 따뜻한 사람

마음 휘어잡을 강렬한 한 수 없다 해도

그래도 따뜻한 사람

사람들이 바보 같다고 말하고

나 참 바보 같았다고 후회해도

그래도 나 따뜻한 사람

조화 造花

—

조화라는 것의 의미를 이해할 수 없다

꽃이라 불리는 모든 것은 진실이며 생명이다

건조증

—

정서가 건조해지면 팔다리가 근질근질해져요

음악을 들으러 가 마음을 축이고

사람에게 다가가 가슴을 데우고

당신을 품에 안아 영혼의 손을 잡아야지요

질문

—

열 살쯤 되어 보이는 여자아이 서너 명이

마을 공원에 앉아 아이스크림을 먹고 있어요

이런 틀에 박힌 표현은 쓰기 싫지만

서로 쳐다보며 배꼽이 빠져라 웃고 있는데

그 모습 그 소리

너무나 아름다워 가슴이 저릿저릿하네요

그 이유

곰곰이 생각을 해봐도

나이가 들어서 그렇다는 말 말고

다른 이유를 모르겠어요

그 이유를 알아야

나도 아이들처럼 할 수 있을 텐데요

존경

—

누구를 왜 존경하고 있는가는

지금의 당신을 말해 주는 한 편의 시다

뉴스

—

오늘 밤 저 달의 형상을 놓치면 앞으로 백 년 후에야 다시
관측할 수 있을 거란 뉴스를 듣고

무엇엔가 얻어맞은 듯

나는 너에게 달려갔다

엄마 목소리

—

지난봄 뒤뜰에 씨 뿌린 걸 잊고 있다가

이 가을 혼자서 열매 맺은 걸 발견하고는

당신 앞에 얼마나 창피하고 미안했는지 몰라요

스윽스윽 쓰다듬고 아이고 아이고 계속 내뱉었지요

아마도 무안해서요

생명이 저 알아서 자라주는 것만큼

커다랗고 영광스런 기적이 있나 생각하다가

그러다 갑자기 우리 엄마 생각을 해요

해준 것도 없는데 잘 커줘서 고맙다 고맙다 하시던

엄마 목소리가요

오늘

—

오늘 하늘에 구름이 한 점 없는 것은

어제 모질게도 불었던 비바람 덕분입니다

후회

남의 패션 센스에 대해 함부로 평가하지 않기로 한 이유는
어울리지 않는 모자를 매일 쓰고 다니던 그 사람 때문이
었다
힘겹게 그 사람 항암 치료를 받고 있다는 얘길 들었기 때문
이었다

심통

—

숱한 세 잎 클로버를 뒤지다가

네 잎 클로버 기어코 찾아내어 기뻐했는데

옆에 붙어 선 클로버 잎이 두 개뿐인 것을 보고

이 네 잎 녀석이 갑자기 미워지는 것이었다

예의

—

꽃을 향한 최고의 예의는

뒷짐 지고 그저 바라봐주는 것

꽃 중의 꽃

—

꽃 중의 꽃이 뭐가 중요할까요

그저 꽃이면 되는 것을

발자국

—

발자국은

바다를 보러 가는 길에 생기는

잠깐의 흔적일 뿐

지워져도 좋아

바다를 보러 걸어가는 것이니까

꽃이란

—

향기가 나지 않아도

내가 꽃이오 말하지 않아도

흙을 딛고

가장 아름다운 시간에

하늘 향해 고개를 든 당신은

그래요,

당신이 분명 나의 꽃 아니겠습니까

할 일

—

떨어질 나인 줄 알면서도

열심히 피워내는 것이

오늘의 할 일

꽃과 같은 목적

사랑한다

—

고양이에게 밥을 주는 것도

꽃에게 물을 주는 것도

생명을 전하는 일인데

하물며

사랑한다 사랑한다

말하는 건

어떤 의미이겠느냐

어느 날

—

어느 날

꽃 아닌 것들이

꽃의 모양과 향기로 느껴질 때

나 그렇게 행복했다

여름 방학

—

널 만나러 가는 길

내 마음 너무 행복해서

네가 조금만 늦었으면 했어

개학이 며칠만 늦게 왔으면 했던

열한 살 즈음 여름 방학 때 그랬듯이

초저녁

—

어쩌면 내 사랑 이와 같아서

사진엔 담으려 해도 담기지 않는

초저녁 하늘 속 꽃과 달 같아

민들레

어떤 땐 한 그루 나무보다 강인해 보이는 민들레 한 잎에

우리 엄마 얼굴이 떠올라 눈물이 난다

영화 음악

—

삶에 꽃 한 송이쯤 존재하지 않는다고

큰일이야 날까마는

음악 없는 영화 정도 되지 않겠어요

음악

—

들리는 것이 음악이 아니야

이해하려는 노력이 음악이지

연주자를 향한 진실된 노력 말이야

자,

그럼 이제부터 진짜 음악을 들어보자

철쭉

—

때가 되면 피어난다

찬란한 봄의 빛을 온몸으로 받아내는

꽃이라기엔 풀 같고

풀이라기엔 분명 꽃인

철쭉

당신 같은 사람이 되고 싶다

문고리

—

그냥 문고리 하나쯤의 존재 되어

새 세상 활짝 여는 한 부분이 되고 싶다

나의 노래 그 정도면 좋겠다

닮음

—

호두가 뇌를 닮아 머리에 좋다던데

꽃은 너를 닮아 그리도 예쁜가 보다

잔디

—

잔디밭 속

잔디 한 잎 뜯어 바라본다

한 몸 온전히 푸르진 않지만

함께 있는 그들을 푸르다고 말한다

세상도 그렇고

나도 그렇다

이 정도면 아름답다

새소리

—

학창 시절 등굣길엔 참새 소리 많이도 들렸는데

공해 탓인지 소음 탓인지 이젠 그 소리 들리지 않으니

아니다, 아니었구나

어른이 되었다는 오만한 마음이

내 귀를 닫은 거였구나

참새는 예나 지금이나 잘 있는데

겸손

—

나 아닌

진정으로 당신을 높이려는 염원

혼돈의 틈

—

이 혼돈의 시기가 감사한 것은

당신의 안부가 간절해진다는 것이에요

평소엔 부담될까 조심스러웠던 안부를

이 시기를 핑계 삼아 열심히도 물어봤어요

빗길에서

―

'날씨가 좋다'라는 말을 생각해 보니
비 오는 날을 거추장스럽게 여긴
누군가의 섣부른 표현이었나 보다

안 좋은 날씨라며 함부로 이름 붙여진
성실히도 내려오는 가랑비를 보며
당신 향해 조용히 말을 걸어본다

"당신도 좋은 날씨예요"

착각

—

마음을 비우라는 현자의 말씀을

머리를 비우라는 뜻으로 착각하지 않기 위해

오늘도 조금은 억지로 책을 읽어간다

이미

—

실행하라 재촉하는 소리에도

절대 당황하지 말아야지

생각을 하는 것만으로도

실행은 이미 시작된 거니까

구름

—

구름이라는 후배에게 조언을 해본다

그냥 흘러가라고

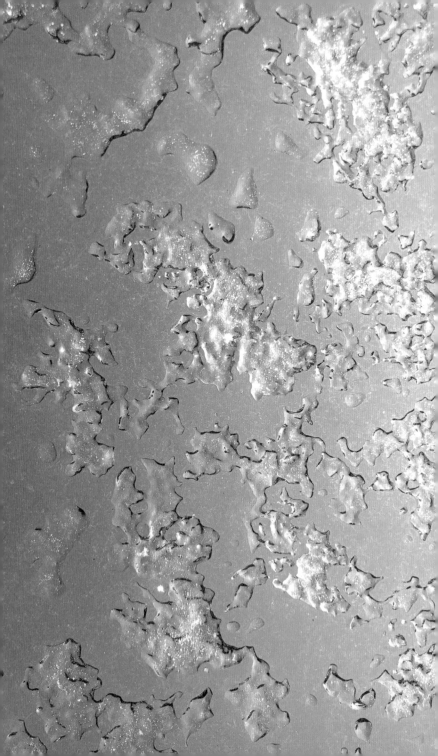

역설

추위가 봄의 부드러움이 되고

더위가 가을의 풍요로움이 된다

세상 속 아름다운 모든 것은

과정이 지어낸 역설의 결과다

내 마음

—

걸음

산책

방황

마음에 따라 걷는 내용이 달라진다

지금 걷는 내 걸음은 어떤 내용인가

노란색

—

노란색은 슬픈 색

밝다고

너 밝다고 누군가 가르쳐 놓았다

너도 생명이며

너도 슬픔이 있을 텐데

누군가 정해 버린 순수함으로

늘 밝을 것을 강요받는다

어찌하나

너의 슬픔 어찌 말하며

너의 아픔 무엇으로 표하는가

그래

오늘 너의 흔들림이

바람에 의한 것만은 아니리라

가을

—

와요

가을이요

코끝에요

이유

—

그래서 당신을 사랑하지만

그게 당신을 사랑하는 이유는 아니에요

잠시

—

외로움이 찾아오면

슬슬 보러 길을 나서요

꽃이 말해 줍니다

아주 잠시래요

모든 것이

잠시 왔다 금방 떠나는

헛되고도 짧은 거래요

꿈

—

그래도 되지만 그러지 않는 삶

내가 꿈꾸는 그런 삶

돌탑

—

소원이란 건

탑이 아니라

탑을 올린 간절함이지요

성장

—

참을 수 없이 힘든

나의 장면과 소리를 마주하세요

기적

—

너의 이름을 불렀을 때

웃으며 돌아본다는 것

실로 어마어마한 기적

나

—

아침에 일어나

몸이 유독 가볍거나

목소리에 피로감이 없으면

조용히 어제를 생각해 봅니다

나태함에 대하여

어렵다

—

어렵다
세상이
그래서
더더욱
예쁘다
애쓰는
당신이

강렬한 빛

―

누구에게나 '과거'라는 강렬한 빛이 있습니다

똑바로 응시하며 잡으려 애쓰면 눈을 멀게 될지도 모르
지만

빛을 등지고 방향을 바꿔 걸어가면

새 길을 비추는 조명이 되더군요

사용했어요 난

과거라는 소중한 빛

선택

—

너를 곁에 두고

너를 바라보고

너를 사랑하겠다는 선택은

현재와 상관없이

다른 세상으로

나를 데려간다

· 무제

—

스스로를 미워하는 그 순간이야말로

가장 두려운 외로움이 찾아오는 시간이다

희생

—

무언가가 지속되고 있다면

누군가가 희생하고 있다는 뜻이다

신

—

나의 신은 한 치의 실수도 없다

내 삶이 뜻대로 되지 않는 게 그 증거다

침묵

—

조용해지면 깨끗해집니다

산도

물도

하늘도

그리고 나도

방법

—

사랑을 표하는 수많은 방법이 있지만

상대가 좋아하지 않는 방법은 그 무엇도 사랑이 아니다

사랑은

'그대'라는 단 한 가지 방법뿐이다

예쁘다, 너

—

예쁘다 너
열심으로 피워내 이 계절 살다 가는
환한 그 미소가

예쁘다 너
기다림 끝에 향기 내다 때를 따라 멀어지는
아른한 그 모습도

돌아갈 집이 있어 여행이 행복하듯
떨어질 너이기에 이 순간 아름다워

희미한 너의 삶이 물을 만나 반짝이듯

이 시간 너를 안아 생명으로 숨을 쉬니

예뻐서 네가 아니라

너이기에 예쁜 거야

예쁘다 너

참 예쁘다

마흔 살의 기도

—

보이지만 보이지 않고

보이지 않으나 보이는 것을 위해

기도하며 노력하게 하소서

선물

—

의미 없이 틀어놓은

차 안 라디오 소리에 미소가 지어진다

가만히 놓여 있다는

일상이라는 선물 때문인 것 같다

항구에서

—

바람과 파도에도

굳건히 자리한다는 것은

얼마나 어려운 일인가

저 요동치는 배들처럼

혼자라면 어딘가에 반드시

묶여 있어야 하겠고

함께라면 서로 기대어야

쉽게 떠내려가지 않을 저들을 보며

묶여 있음에 진정한 자유를

기대 있음에 진실된 자립을 깨닫는다

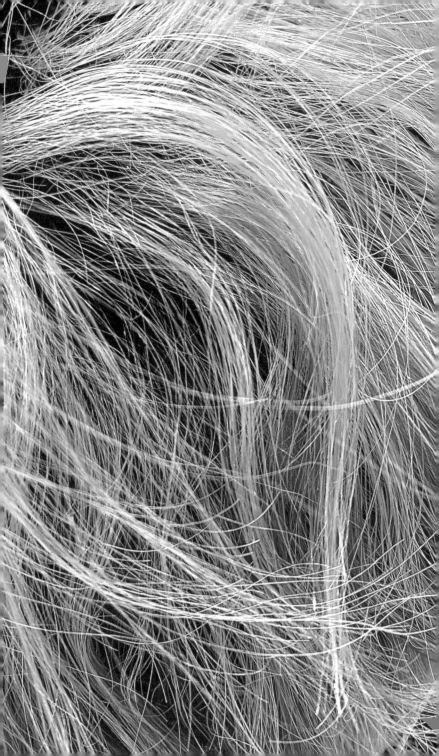

쉼표

—

쉼표에도 의미를 부여합니다

소리 없는 음표이거든요

음악 얘기 아니라

내 삶의 얘기예요

다이어트

—

다이어트의 성공을 확신하는 때는
배고픔에 익숙해질 때

인생의 성공을 확신하는 때는
실패의 고통과 두려움에 익숙해질 때

클래식

—

빨리 가는 길을 알고 있다

그러나 제 갈 길을 가고 있다

기적 2

—

어제 만난 사람을 오늘 다시 보고

오늘 본 그 사람을 내일도 다시 본다는 건

우연이 아닌 약속에 의한 것일지라도

이는 어마어마한 기적이리라

이 인연은 실로 엄청난 행운인 것이리라

길을 따라 걷는 자만이

—

걸었다

걸었다기보다는 발을 옮기는 행위였지만

그거라도 하지 않으면 쓰러질 것 같았기에

산책이라고 했지만

사실은 방황이었다

노래라도 불러보면 기분이 나아질까 흥얼거리다

오래지 않아 멈추어버렸다

한숨을 쉬었더니 오히려 위안이 되었다

생각하고 또 생각하면
슬픔의 이유를 알 수 있으리라 기대했지만
걷고 또 걸어도 끝내 찾아낼 수 없었다

한참을 걷다 문득 고개를 들어 보니
제자리였다

원 –
내가 걸어온 길은 직선이 아니라 원이었다
원을 그리며 걸어서는 이 밤길 벗어날 수 없다
비록 앞이 캄캄하고 목적지가 없더라도
반드시 길을 따라 걸으리라
길을 따라 걷는 자만이 앞으로 나아갈 수 있기에

무제

—

죄가 없다면 걱정할 일이 없고

준비가 되어 있으면 긴장을 하지 않는다

스스로 바로 서면 삶에 부담이 없고

바라는 것이 없을 때 비로소 자유를 선물 받는다

걱정, 긴장, 부담, 구속 -

모두 내 행위가 만들어내는 나에 의한 결과물들이다

대신

꽃향기 담을 수 없어 밤하늘로 대신합니다

당신 향한 마음 전할 수 없어 한숨으로 대신합니다

파도

—

파도가 모래를 만나 거품으로 부서지기 전까지

얼마나 멀고도 험한 길을 돌아왔을까

수십 년,

어쩌면 수백 년

파도가 달려온 길과 시간을 생각하면

바다에 발을 담그는 것조차 조심스러워진다

파도여

너와 내가 이곳에서 만나기까지의 시간들을 헤아려보니

어쩌면 우리 생에 다시는 보지 못할 이별도 받아들일 만하

구나

내

—

내 고향이 가장 아름다운 고장이어서 좋은 것이 아니다
내 고향이기 때문이다

내 인생 내 사랑 내 음악

선택을 한 것이든 선택이 된 것이든
'내'를 붙일 수 있는 것들을 온전히 사랑하련다

한겨울의 야자수

—

한겨울 바닷가에 우뚝 선 야자수를 보며

버티자,

나도 너처럼 버텨보자 다짐한다

누렇게 변한 잎사귀 바람 속에 날려 보내고

눈과는 어울리지 않는 동거를 감행하는 너를 올려다보며

버티자,

너처럼 나도 버티자 눈물 흘린다

종이 가방

—

종이란 본디 약해 가벼운 무게에도 찢어질 것 같지만

이것이 가방의 형태로 바뀌면

의외로 무엇이든 담을 수 있다

문제는 아주 작은 상처가 났을 때부터다

약간의 틈이라도 생기면 이후부터는 작은 무게에도 견디

지 못하다

죽, 죽 거침없이 찢어진다

아주 작게 찢어진 흠집 사이로

들어 있던 모든 것이 내동댕이쳐진다

아

아

준비도 못 한 비명만 나오게 된다

당신과 나 사이에 생긴 조그마한 상처가

수많은 감정을

바닥에 내동댕이친다는 것을

난 왜 가장 기쁜 이 순간에 깨닫고 있는가

무제

—

쓰는 것도

모으는 것도 중요하지 않습니다

애써 버는 게 중요하지요

돈 얘기가 아닙니다

시간 말입니다

여유 말입니다

단계

—

단계라는 게 있잖아

어느 부분에서든 그게 참 중요했어

서두르지 않는 마음

충실한 기다림

명확한 정점

근데 말야

너를 향한 마음

거기엔 과연 그런 게 필요할까

욕심이 있다면

—

요즘 세상엔 잘 하지 않는
이름을 손으로 적고 마음을 글로 적는 편지를 보내봅니다
우체국까지 달려가서요

이 중간에 조금이라도 억지스런 마음이 끼어들면
편지를 보내지 않습니다

잘 받아 보았다는 연락도 고맙지만
욕심이 있다면
이 편지를 편지로 답해 준 사람을

두고두고 사랑하고 싶습니다

빈 의자

—

때론 버스 정류장에 앉아 있는다

어딘가를 가지도 않고

누군가를 기다리지도 않지만

그곳 빈 의자에 홀로 앉아

수많은 상념을 버스에 실어 보낸다

오지 마라

다시는 나한테 오지 말라고 실컷 소리쳤지만

방금 떠난 그 버스가 막차임을 알았을 때

그 말 오롯한 슬픔이 된다

오늘도 버스 정류장

빈 의자에 앉아

마음

—

돌이켜보니

목표를 위해 살았을 뿐

마음을 위해 살지 못했다

오늘 마음먹은 이 날의 연속으로 살 수 있다면

오해

—

내가 약속 시간에 철저한 사람이래요

오해예요

그냥 당신이

너무너무 보고 싶어서

마음이 급해 달려갔던 것뿐이에요

함께 흔들리자

—

살짝 불어오는 바람에

흔들리는 내 모습 보면

나는 괜찮은 걸까

왜 나만 이럴까

매일 다짐하며 나가지

굳건하게 부딪혀보자

근데 왜 이런 걸까

나 왜 이리 연약할까

한숨 쉬다 옆을 봤는데

안간힘을 다해 버티는

나와 같은 널 봤어

눈물 흘린 널 봤어

내가 해줄 수 있는 말 이것뿐

함께 흔들리자

혼자 설 수 없다면 영원할 수 없다면

함께 흔들리자

쓰러지지 않도록 서로 기대주면서

요즘 책에서는 말하지

너를 사랑하기 이전에

나를 사랑하라고

그래야 강해진다고

하지만 다른 누구보다

내 자신에게 가혹했지

왜 실수했나

왜 그렇게 바보 같나

땅을 보다 옆을 봤는데

한숨 쉬며 고갤 숙이던

날 보며 웃고 있는 따스한 미소의 너

내 손을 잡고 넌 이렇게 말했었지

함께 흔들리자

혼자 설 수 없다면 영원할 수 없다면

함께 흔들리자

쓰러지지 않도록 서로 기대주면서

언덕 위 꽃처럼

우리 아름답자

솔베이그의 노래

—

당신의 잊지 못할 사랑이 나이길 빌어본다

사랑의 빈틈 속에 내 향기 느끼고

시간의 흐름 속에 내 빈자릴 찾으며

당신의 두려움 속에 내가 여전히 숨 쉬어 살아 있기를

너

이제 비록 멀리에 있지만

나

당신의 행복을 변치 않고 기도한다

Impromptu

—

행복해지고 싶다는 의지

너를 갖고 싶다는 의지

단순해지고 싶다는 의지

마음먹은 대로 해낼 수 있다는 의지

이 모든 의지는

버려야 생기는 나의 의지

나비 부인

—

그대가 너무 그리울 땐 편지를 써요

전화를 하거나

찾아가지 않아도

그 사람 이름을 손으로 적는 것만으로도

행복해지거든요

사람이 사람을 그리워할 수 있다는 게

얼마나 큰 아픔이며 기쁨인지

오늘도 당신을 떠올리며 행복해집니다

보내지 않을 편지를 쓰며

안녕

Adagietto

—

첫사랑의 '첫'이 내게는 다른 '첫'

가장 큰

가장 깊은

가장 아픈

가장 먼

가장 슬픈

가장 아름다운

가장 그리운

가장 잊히지 않고

가장 잊고 싶지 않은

가장 진한

가장 잔인한

그러나

'내 것은 아닌'이라는 뜻

녹턴

—

내려놓으려 해도 쌓여지고

걸어가려 해도 뛰어지고

웃으려 해도 눈물이 흐른다

고개를 들어도 땅이 보이고

꽃향기를 맡아도 한숨이 나오며

혼자 있어도 귀 끝이 소란한

끝없는 나의 사춘기, 녹턴

내게 던진 이 꽃은

—

평온한 휴식 전에 고단한 여정이 있고

사랑의 완성 전에 험난한 이별이 있다

그렇게 우리는 진정한 결실을 얻게 되니

고통을 용서한 끝에 영원한 기쁨 만끽하리라

그것이 비록

'우리'로서 완정되지 않는다 할지라도

Beau Soir

이 저녁을 누가

저녁이라 이름 짓고 마무리의 뜻을 심었을까

주홍빛 저녁 앞에 고개를 떨궈

나 사과의 뜻을 건네본다

오늘부터 당신을

저녁이라고 부르겠으나 시작이라 생각하리

일을 마치고 웃음으로 귀가하는 발걸음에 '출근'이란 이름

을 선물하고

아쉽게 작별하는 연인들의 순간을 '만남'이라 부를 것이며

흔들리고 실패하는 모든 이의 상태를 '희망'이라 부르리

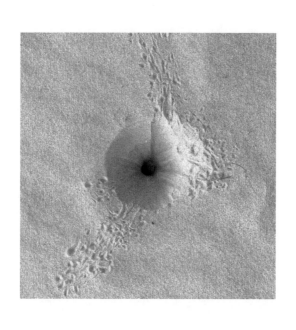

시인 나태주

침대로 가기 전 이불이 되어 나를 덮어주었고
꿈속에 도착하기 전 사랑이 되어 달콤함을 선사해 주었습
니다
내 방바닥의 한기는 문장이란 꽃으로 덮입니다

나태주

만약 당신의 이름을 들고 서 있는 누군가를 만나면
꼭 그 사람에게 다가가 사랑을 이야기하고 싶습니다

약속

—

흙으로 왔다가 흙으로 돌아가는 게 사람이라지만

우리 꽃으로 왔다 꽃으로 돌아가는 것으로 하자

그렇게 약속하자

꽃이 좋다

—

꽃

꽃

꽃

자꾸 불러보아도 예쁜 이름이다

네 육체의 연약함이 좋다

늘 존재하지 않음이 그리움을 불러 좋다

깊숙이 몸에 배인 향기가 좋다

활짝 웃는 너도 좋지만 웃음 짓기 전 무표정의 기대감도

좋다

떨어지는 너는 더 좋다

흙에도 아스팔트에도 내려앉은 너 고스란히 좋고

이리저리 짓밟힌 너도 좋다

생각해 보니

그냥 너라서 좋다

인연

—

나의 아들아

고마웠다

우리 좋은 인연이었다

— 나의 친구 피아니스트 이훈의 어머니께서 하늘나라에 가
시기 전 건넨 마지막 인사

꽃 너 대단치 않다

—

꽃으로 피어나는 것이 최고의 결실이라 말들 하지만
꽃도 그저 뿌리에서 뻗어 나온 하나의 결과일 뿐이지요

꽃 피는 것도 하나의 몸짓에 지나지 않으며
뿌리의 일부, 줄기의 일부일 뿐입니다

당신, 꽃을 피워내지 못한다 해도
살아 숨 쉬며 줄기를 뻗는 것
그것만으로 충분히 아름답지요

꽃이 되고 싶다 말했어요

—

너무 연약하고

쉽게 떨어져서

가장 늦게 완성되고

영원하지 않아서

꽃이 되고 싶다 말했어요

하지만 그보다도

당신의 하이얀 목에 둘리거나

포근한 가슴에 묻힐 것 같아서

나 늙어 마르고 비틀어져

향기를 잃어 어느 한편으로 밀린다 하더라도

그렇게라도 당신의 곁을 지킬 수 있을 것 같아서

나

꽃이 되고 싶다고 말했어요

그렇게 살기로 했다

—

숲속에서 별빛 쏟아져 내리는 걸 보고

비같이 내리네, 말했었는데

도시에서 비가 내리는 날이면

별빛이 쏟아지는 것 같아

나 행복했다

그렇게 살기로 했다

편지

—

호의를 호의로 갚지 않으신대도

이 마음 가득 담은 편지 한 통은

부디 편지로 갚아주실 수 있을까요

바람

—

비록 우리의 아픔이 산산이 사라지지는 않을지라도

봄날 꽃잎이 바람에 날리듯은 잊히겠지요

그렇게 바람에 실려 살면 되는 것이겠지요

인생

—

기도할 때

신에게 돌려 말하기 시작하면

그때부턴 정말 답이 없다

불협화음

—

불협화음도 화음이지요

이 낯선 음에 익숙해질 시간이 주어진다면
서로의 존재를 인정할 수 있는 기회만 주어진다면
협화음이 주지 못했던 신세계가 열립니다

맞아요
우리에겐 시간이 필요한 겁니다

앙리

—

예술

예술성 없는 모든 것을 예술로 바라볼 수 있는 지성 그리고
신앙

— 2021. 1. 21. 앙리 마티스 특별전을 보고

인격

—

꽃 한 송이를 대하는 모습에서

당신의 인격을 봅니다

기도

—

나의 삶을 체로 락락 털어내면

시와 음악만 남았으면 좋겠습니다

가장 간결한 이야기 그리고

유연한 높낮이가 빚어낸 삶이라는 곡선만 소박하게

눈사람

—

나도 그처럼 녹을 것을 안다

그럼에도 난 햇빛을 받고 싶다

계시

—

하고 싶은 말이 많아지는 걸 보니

침묵하라는 하늘의 계시인가 보다

외로움

—

외로움에 사무칠 때는 떠오르지도 않는 이름을 애써 기억
해 불러본다

까마득히 잊고 지냈던 그 이름을 가슴속에 불러내

언젠가 이 사람과 관계했었다는 사실만으로 그 외로움 떨
쳐내보려 한다

아름답게 나눈 사랑이 아니더라도

오래 간직했던 추억이 아니더라도

스쳐 지나간 만남까지 작은 기쁨으로 여겨

잠이 오지 않는 이 새벽 외로움을 떨쳐내려 한다

독학

사랑을 독학해서

나 무척 편협하다

머리가 아니라 온몸으로 느껴야 하고

어려움을 이겨내야 진실을 만날 수 있기에

나 무척 두렵다

그러나 사랑이란

땅바닥에 쏟아버린 모래알 같아서

한 톨 남기지 않고 주워 담을 수 없을지라도

무릎으로 기어 손에 잡히고 발에 붙는 그 순간까지

독학으로 배워야 하는 것임을 느지막이 깨닫는다

불빛

—

화가 치밀어 오르는 순간

비난의 말이 터지려는 순간

스스로를 깎아내는 순간이나

감사보다 불평을 토해 내는 바로 그 순간

영혼의 불빛을 들어 그 순간의 어둠을 몰아내려 한다

이것이 성장이며

이것이 선善이며

스스로를 가장 아끼는 순간이다

커다란 용기

—

내가 아무리 노력해도 갖지 못했던 능력을 가진 자에게

어떻게 그것을 얻을 수 있었느냐고

아주아주 겸허하게 질문할 수 있는 것

완성

—

시의 완성은

시인의 마침표가 아니라

읽는 이의 때

클래식 2

—

'클래식으로 돌아간다'가 아니라

'클래식으로 나아간다'가 옳다

과거가 아닌 미래다

나의 시

—

나의 시는 시가 아니어도 좋다

나의 노래는

나의 사랑은

나의 삶은

그렇게 흘러버려도 참 좋겠다

나의 시는 시가 아니어도 좋다

가슴속을 흐르는 물결처럼

평온한 곳에 다다르더라도 멈추지 않고

시원스레 흐르지 못해도 돌고 또 돌아

이름 모를 해변에 도달해

아낌없이 부서지는 파도가 되어

잠시 너의 발에 닿아 인사하고는

그렇게 다시 어딘가로 흘러버리길 소망한다

나의 시는 시가 아니어도 좋다

나의 노래는

나의 사랑은

나의 삶은

그렇게 흘러버려도 참 좋겠다

화

—

당신이 내게 화를 냈다

이유를 알 수 없어서 다행이었다

우리 그저 사랑하고 있음으로 받아들일 수 있었기에

기쁨

—

너무나 고통스러운 순간이 찾아오면

손가락 마디마디를 구부려보고

의미 없이 눈을 깜빡거리고

숨을 깊이 들이쉬고 내쉬며 이렇게 말해 봅니다

아

살아 있다는 기쁨이란!

글

—

되고 싶은 사람 아닌
되고 있는 나를 만나는 일

운명이 아닌
매일의 온기를 경험하는 일

듣고 싶은 말을 들으려 하거나
솔직함이라는 위장으로
진실을 무마시키려 하지 않고

가슴속에 봉긋이 솟아버린

진실을 낱낱이 풀어놓는 일

하루 지나 펼쳐도 부끄러워하지 않고

이 무안함과 당당히 맞서 추억으로 맞이하는 일

강해지거나 약해지려 하지 않고

어렴풋했던 형상이 점차 선명해지는 일

사는 동안 무심히 적는 게 아닌

살기 위한 유일한 방편임을 깨닫는 일

등기

—

전송되는 과정을 확인할 수 있다는 것이 내게 무슨 소용인

가요

만족합니다

온 마음 실어 적은 글이 내 손을 떠났다는 그 자체만으로

밤

—

문구점에서 편지지를 들었다 놨다 고르고 또 골라

집에 와 펼쳐 놓곤 적을 이름 없어 숨만 쉬고 있는

이 슬픔

달

—

이 밤 달의 예쁨이 도저히 카메라에 담기질 않아

네가 그래

노총각

—

예쁜 꽃을 보고

꺾어 가져가고 싶다 생각 들지 않고

거기 서서 오래 바라만 보고 싶다 하니

그래서 그런가 보다

쑥

—

뭘 하고 계시느냐 여쭈니

쑥을 뜯고 있다 하길래

그거 뭐 하려 뜯으시느냐 물으니

돈 받고 팔려 한다 하시네

맨바닥에 널려 있는 막풀이 돈이 되느냐 여쭈니

막풀은 생명 아니냐 되물으시니

그 향기 코에 대어 깊이 들이쉬고는

나 쑥처럼 살아야지 했네

나 막풀 되어 향기 내며 살아야지 했네

낙落

—

떨어진 후에도

바나나처럼 죽어갈지
솔방울처럼 살아날지

이것이 선택 가능한 것임을 알게 됐다

커튼콜

—

기뻐서 슬펐고

슬퍼서 기뻤던

이 순간의 감격을 당신과 함께 나누고 싶습니다

미결

—

슬프거나 화가 나도

질투가 터질 듯 일어나도

비난의 말이 쏟아질 듯 차올라도

그래도 당신 앞에서 웃어버렸다는 건

여전히 당신을 사랑하고 있다는 증거일까

엄마

—

해라 해라 하더니

해줘 해줘 한다

그날 그녀를 오랜만에 오랫동안 쳐다보았다

별

—

한밤에 깨어 연필로 써보는 나의 진심은
오늘 밤 별이 되어 나의 가슴에 박힌다

수천 년 전 우주에서 시작된 별빛이
이제야 나를 만나듯

지금 내 가슴에 박힌 별도
언젠가는 누군가의 얼굴에
살포시 앉아주기를

비록 그 별빛이 온 세상을 밝히진 못할지라도

비움

—

비워야 한다고

삶은 비워내야 한다고 말하는 사람과 여러 날을 함께한 적
이 있는데

비워야 한다는 생각을 한가득 채운 삶을 사는 모습을 보고

진짜 비움이란 무엇일까 생각해 보는 중이다

출처

—

조금 전 동료에게 미안하다는 말을 들었다
어젯밤 엄마에게도 미안하다는 말을 들었는데

모든 말은 출처에 따라 다른 의미다

왈츠

—

무언가가 되고 싶었던 어제와

오롯이 내가 되고 싶은 오늘

'무엇'보다는 '어디로'가 중요해질 내일

3박자 왈츠 리듬에

춤을 추며 살아가게 하소서

전화

—

세상에서 가장 반가운 전화는

그냥

걸었다는 당신 목소리

부탁

—

꽃은 지는 게 아니에요

나이가 드는 것입니다

우리처럼요

버리지 말고

보내주시기를

너의 아리랑

—

그만

이제는 끝이라고 떠나던 그 미소 내 맘을 여민다

이 몸과 마음을 다 주었는데

돌아도 보지 않고 말없이 가는 너의 뒷모습마저 참으로 미쁘다

아리랑 너의 아리랑

칼날 같은 네 노래 이 가슴을 찢어내고

아리랑 잊지 못할 아리랑

그 고개 힘겹게 나 눈물로 오른다

비에 젖고 눈에 떨며 꽃을 드리자

지르밟고 돌아선 모습마저 미안하기 그지없다

쓰러지고 발병 나라고 소리쳤는데

이 맘 왜 가슴 후려치며 후회했나

돌아오라 돌아오라

아리랑 너의 아리랑

칼날 같은 네 노래마저 이 가슴을 찢어내고

아리랑 잊지 못할 아리랑

그 고개 나 힘겹게 눈물로 오른다

네 모든 아픔도 내가 아프고

네 모든 고통도 부디 내가 다 받을 수 있나

돌아오라 돌아오라

하느님 저 발길 어찌해야 돌릴 수 있습니까

아리랑 너의 아리랑

그 고개 그 고개 넘어가지 말아라

아리랑 잊지 못할 너의 아리랑

나의 무릎 부디 다시 일으켜라

아

오늘 이 바람 하필 이리 정직하여

날 슬프게 하는 것인가

— 2019년 발표한 카이의 정규 3집 〈너의 아리랑〉의 가사가

된 시

박남정(춤의 대가)

—

춤 연습을 따로 하지 않는다고 했다

항상 춤을 추고 있다고 했다

무대에서 꺼내 쓴다고 했다

나

—

벌로 태어나지 않아 감사한 이유는

꽃을 위에서 보는 즐거움만 갖지 않기 때문이에요

개미로 태어나지 않아 감사한 이유는

꽃을 아래에서 보는 즐거움만 갖지 않기 때문이고요

당신으로 태어나지 않아 감사한 이유는

당신을 곁에 두고 사랑할 수 있기 때문이에요

국립공원

—

국립공원도 폐쇄를 해요
시간이 필요하대요

사람 사이로 불어오는 잦아든 바람이 아닌
바람 그 거대한 몸체를 몸으로 마주할 시간
온전히 흔들리고 천천히 이겨낼 시간
짓밟혔던 그 순간을 잊어낼 시간

쉬어 가면 잊힐까 두려움도 있겠지만
이제 할 수 있는 일

싹 틔우고 자라나며 피워내면 되겠지요

죽은 별

—

나라는 별을

비난한 별 미워한 별 속여낸 별 멸시한 별

부디 죽지 마라

가깝지는 않게 한 우주 안에 살아서

당신 별 보고 나의 길 찾아

세상 한편 비출 더 밝은 빛 되려니

복권

—

고백한 사랑이 돌아오지 않을 때

복권을 사러 갑니다

기적이란 기대만큼 절대 돌아오지 않음을 깨달으려고요

삶

—

사람으로서

사랑을 완성하고자 하는

사건의 연속

촛불

—

후 불면 순식간에 사라질 연약함

그러나

이 몸 녹여 소멸시키고 세상까지 불태울 수도 있는 강렬함

그것은 바로

후회

라는 촛불

일기

—

봄이 온 건가 아직인 건가

그날의 일기日氣 아닌

나의 일기日記로 결정하기로

주인공

—

나

세상의 주인공이 되는 것은

극장 '무대 위에서'만으로 충분하다

나, 소나무의 진실

—

소나무

철갑을 두른 듯이라 불리는 나의 속살을 들여다본 이 있
나요

참아내고자
강해지고자
살아가고자

삶의 요동이 새겨진 이 주름살을 좀 보세요

옆 자갈과 아래 민들레 서로 이 땅을 함께 견뎌 이겨낸 내게

타고난 본성 덕에 푸르고 강하고 질기다 속단하지 말아주

시길

지옥

—

지옥을 경험하고 싶다면

지금 당장

옆 사람과 나를 비교하면 된다

부자

—

맺지 않아도 될 관계를 끊어내는 것이

필요치 않는 물건을 사지 않는 것보다 중요한

부자의 첫걸음

자연스러움

—

자연스러워지기 위해 무엇을 노력하는가

자연으로 나아가 그들을 살펴라

스러움이 아닌 자연이면 된다

다짐

—

활짝 핀 꽃을 하루 이틀 더 보려면

꽃병에 락스 몇 방울 떨어뜨려보라는 말에 살짝 고민을 했
지만

결국 아무것도 하지 않은 채 그들을 햇볕 곁에 풀어주었습
니다

욕심을 결심하지 않겠노라고 다짐했습니다

과일 가게

—

어이 총각 자네는 노총각이자?

말하자면 그런 편이죠!

그럴 줄 알았어!

왜요?

황금향 천혜향 레드향 무슨 향
고 앞에서 고민하는 남자들은 대번 노총각이여!

아

비법

—

오늘이 내일을 만든다는 말은 알려줬으면서

내일이 모레를 만든다는 말은 왜 안 알려줬을까 생각하니

이것은 너무도 비싼 교훈이라 비밀로 한 것이리라

연어

—

가르치려다 배우고

힘주려다 힘을 얻고

도움 주려다 도움 받으며

보호해 주려다 위로를 받는

의외로 세상엔

거슬러 올라가는 것들이 많다

거스름의 끝은

새로운 탄생이다

작품

—

나의 참여가 우리의 작품이 되었을 때 무척이나 행복했
어요

우리라는 말을 붙일 수 있는 것은 모두
놀라운 감격이니까요

세상은 우리라는 말로 완성되기 위해 존재하는지 몰라요

꽃잎에 붙임

—

앉을 곳을 찾다가 발견한 의자 위에
언제부터인지 먼저 자리하고 있는 꽃잎을 보며
너 어디에서 날아왔는지 모르겠지만
우리 참 귀한 인연이다 말했어요

그이도 내가 어디에서 왔는지 알 리가 없을 테니
여기 지금 이 자리에서 우리 마주함은
정말이지 엄청난 기적이 아니겠어요

세상은 목적을 가지고 만남을 갖는 게 보통이지만

만남을 가지고 목적을 찾기도 하니까

꽃잎, 우리 이 봄 끝나는 날까지

함께하면 어떨까요

봄비

—

참으로 야속해요

한겨울 딛고 가까스로 피워낸 꽃님을 무참히도 떨어뜨려

버리니

그러나 한 번 더 생각하니

떨어뜨린 것들보단 시작하게 한 이 더 많은 것 같아

당신을 원망하진 않겠어요

다만 조금만 살살 천천히 내려

막 피운 이들 너무 쉽게 내려앉지 않도록 부탁합니다

봄비 당신 역시

일 년을 기다려 한때 줄기를 뻗어내는

꽃과 같은 생명으로 바라볼 것을 잊지 않겠습니다

오류

—

밥을 잔다

옷을 뛴다

잠을 짓다

노래를 평가한다

시간

—

쪼개어 쓰는 것이 성공의 열쇠라면

가는 줄 모르고 몰두하는 것은 단 하나의 문이다

단일화

―

내가 선거에 나가기 전 후보 단일화를 해야 한다면

사람과 사람, 사랑과 사랑 사이에서
얼마나 많은 실수와 실패를 했는지로 후보자를 내자 제안
할 것이고

난 단연 월등한 득표수로 후보에 선출될 거예요

Botschaft

—

슬픔에 빠진 당신께 꽃을 보냈는데

"당신 참 특이한 사람"이란 답이 돌아왔습니다

'그저 당신 아직 예쁘게 살아 있어'라고 말하고 싶었던 겁

니다

힘겨운 당신께 꽃이 위로가 되었으면 했습니다

이 생명의 향기가

울퉁불퉁해진 당신 가슴을

편편하게 쓰다듬어줄 수 있도록

살아 있다

꽃잎 없는 나무라고 봄을 누리지 못하는 게 아니에요

이 봄 한창이고

당신 지금 살아 있어요

그리고 신이 허락하신다면

봄은 반드시 또 찾아올 거란

당첨 일백 프로의 희망도

욕심

—

시들어버린 꽃의 꿈은
다시 살아나는 것일까

나 말린 꽃잎 될지라도
당신의 눈에 덜 띄더라도
그냥 아주 조금만 더
당신 곁에 머물기만을 꿈꾼다

수법

—

사람들이 나 보고 자꾸 웃어요
내가 웃고 있어서 그렇대요

당신 만나러 가는 길인데
이 수법을 써보려고요

스카이라인

—

저 멀리 바라보면

숲이나 건물이 하늘을 나누는 선이 되지만

진짜 하늘을 가르는 건 아니에요

"우리 여기까지야"라던 그대 음성이

차가운 선이 되어 나를 멀리했지만

진짜 우리를 가르는 건 아니기만을 기도했어요

벚꽃 잎

—

우수수 떨어지는데

사람들이 와 하고 탄성을 지르데요

그렇게 되기를 기도했어요

나 말이에요

너를 보면

—

그러고 싶지 않고

그래서도 안 되고

그럴 필요도 없죠

잘 아는데

눈에서 물이 자꾸 비어져 나와요

근데 눈물은 아니죠

발전기

—

바람 불어 큰 날개 돌리면 풍력 발전기가 되듯

걷고 걸어 사방으로 눈 돌리면 감성 발전기가 된다

나무를 만지고 꽃향기 맡고 사람을 스치면

사랑하는 모든 것과 닿지 않아도 닿아져

슬프도록 아름다운 꿈이 다시 살아난다

이 걸음 멈춰지면 기쁨의 혼도 도망쳤고

노래가 되는 모든 것이 흔적 없이 떠나갔다

많은 것들이 잠들어가는 시간

운동화 끈을 매기 시작하면

밤 향기와 꿈과 생명을 만날 기대에 부풀어

살아 있음을 감사케 한다

한때

—

한때를 사는 모든 것은 귀하다

평생과 한때를 맞바꾸는 자이며
오늘 최고의 아름다움을 피워내 죽음에 용감히 다가가는
자이다

그러니 잠깐 피고 만다 하여 가벼이 여기지 말라
나의 평생도 이들의 한철과 크게 다르지 않다

노력

—

이해보다

이해하려는 노력이 중요하다는 걸

그 노력이 결국 이해라는 걸

말 못 하는 나의 동물들과 함께 살며 깨닫는 중입니다

에필로그

//

스스로를 한 마디로 표현해 보라는 요구 앞에서는 번번이

무력해졌고

이상형이 어떻게 되느냐는 질문엔 머리가 복잡해졌다

취미나 특기가 뭐라고 단번에 대답하지도 못하고

친구가 많은 건지 적은 건지도

집에 머무는 걸 좋아하는지 나다니는 걸 좋아하는지도

거참 모르겠는 것투성이다

이 악물고 하는 운동이 좋아서 하는 건지 하다 보니 익숙해

진 건지 혼동이 되고

겸손한지 교만한지 혹은 잘하고 있는지 수없이 고민해도

늘 후회만 남는다

검소하다가도 헛돈을 쓰고 헤프다가도 돈 몇 푼에 기분 상

하기도 하며

최선을 다하다가 순식간에 포기를 결심하고

건드리지 말아야 할 분야라며 시작도 안 하다가 어느새 끝

까지 부여잡고 있는 날 발견한다

나를 발견하고 싶어 글을 썼으나

책 한 권 분량의 원고를 써내도

거의 원점에 가깝다

깨진 유리에 비친 내 모습처럼

분명 내 모습이고 다 보이는데도

나를 온전히 바라볼 수는 없었다

그러나 나는 내일도 걸을 것이다

그러다 만난 꽃과 바람을 보고 만지며

너의 아름다움을 적어 내려갈 것이다

변함없이 너를 사랑할 것이다

추천의 글

//

오래전이었지만 처음 카이를 만난 날을 아직도 잊지 않고 있다. 도자기 피부에 웃으면 주위를 갑자기 행복하게 만들던 그 미소는 웬만한 매력에도 별로 흔들리지 않던 나에게 적지 않은 신선함을 주었다.

그 후 짧지 않은 시간이 흘렀다. 섬세하지만 무언가 강렬한 색깔을 뿜어내는 목소리와 무대 위의 자태로 내게 놀라움과 경외감을 선사하던 카이는 이 책을 통해 그동안 감추어온 자신만의 '매력의 섬'으로 나를 안내하며 다시 한번 감동시켰다.

무대에서 반짝이는 스타의 모습만이 아닌 소박하고 진실한 영혼의 주인공으로, 마치 우리에게 고백하듯 써 내려간 이 글들이 세상에 나오게 되어 기쁘고 흐뭇한 마음이다.

처음 읽었을 때는 좋은 친구를 찾은 것과 같은 느낌으로, 다시 읽을 때는 마치 오래된 옛 친구를 만나는 느낌으로, 나의 그 마음과 같이 이 책이 독자들의 손끝에서 오래도록 함께하기를 바라본다.

— 조수미, 소프라노

//

그의 가슴에는 한없이 너그러운 강물이 흐르지만 거친 여울목도 있다. 또한 그의 가슴에는 우뚝한 오벨리스크가 하나 있다는 것도 새삼 느낀다.

마술사의 망토 안에서 장미꽃도 나오고 비둘기도 나오는 것처럼 카이의 망토 안에서 탁월한 성찰과 맑은 동심과 온화한 위로가 쏟아진다. 어떤 글은 담담한 고백이지만 어떤 글에서는 팬텀의 숨결도 느껴졌다. 「나에게」, 「빗길에서」, 「다이어트」, 「Adagietto」, 「과일 가게」, 그 밖에도 많은 페이지의 귀퉁이를 접으며 "카이, 시인이었네!" 혼잣말을 했다.

KBS 클래식FM 〈세상의 모든 음악 카이입니다〉를 함께 만들어갈 때, 오후 6시에 듣는 카이의 목소리는 정말 맑고 결이 고왔다. 그 고운 결이 어디에서 왔는지 출처를 비로소 알 것 같다.

— 김미라, 방송 작가

//

따스한 햇살이 쏟아지는 숲을 거니는 기분으로 책장을 넘겼다. 책을 읽어 내려가는 동안 흐드러지게 핀 꽃을 바라보며 미소 짓기도 했고, 나무 그늘에서 시원한 바람을 맞으며 휴식을 취하기도 했으며, 숲속에서 들려오는 새소리에 귀를 기울이기도 했다. 앞으로도 나는 지친 마음을 달래고 싶은 날마다 이 책 속의 길을 따라 산책을 나설까 한다.

— 이기주, 『언어의 온도』 저자

예쁘다, 너

초판 1쇄 발행 2021년 6월 28일
초판 4쇄 발행 2021년 7월 7일

지은이 카이(정기열)
펴낸이 안지선

편집 편성준
디자인 석윤이
교정 신정진
마케팅 최지연 이유리 홍윤정 김현지
제작 투자 타인의취향
제작처 상식문화

펴낸곳 (주)몽스북
출판등록 2018년 10월 22일 제2018-000212호
주소 서울시 강남구 학동로4길15 724
이메일 monsbook33@gmail.com
전화 070-8881-1741
팩스 02-6919-9058

ISBN 979-11-91401-05-9 (03810)

mons (주)몽스북은 생활 철학, 미식, 환경, 디자인, 리빙 등 일상의 의미와 라이프스타일의 가치를 담은 창작물을 소개합니다.